あしなが蜂と暮らした夏

甲斐信枝

中央公論新社

十三日
六月二十七日
さか、レンゲ畑満開モギ
ハナアブはあっちこっち
おん〈〈〈しレンゲのみつに
飛び交う

ムク鳥がレンゲ畑で
虫を捕食してる

レンゲ畑
ぶるがする音がするブンブンブンブン音がする
やあ、はなはちみつけてあっちでもこ
せっせといっしょけんめいみつ

やあ、たんぽぽわらいた
わたげの行列。
とっとととぶ！わたもの雲

六月
三十日

へナガ
つか

本の北西、橋九丈の島の北方角

◎やぶからしとくずの

かつとうを撮影するを

五十七年　六月五日

午後一時来てみると芽ある

木に

今年二月五日島の迫から、こんな所を写

はえりつよらせんか

メモ
下から見るとすぐはし
ところれまえの
メモ
スんバの枝って
つきりく
と
たかし
やっと
しずが押し倒す
2/4cmくらいのびたのちちいぬ
メモ
ななめ上からの木を描写のこと
アいちょう観図
メモ
くきのさきがかのあたまれ先の
をかえてあちにあっこっちに
そーしていこれのまきつこうか
どこひも风のまんく方向をかえ
木おもりきやんのまきつけてい

なずなは
寝るらしい
午後
三時二十分

二月十三

ひなり鳴く

大しろある

さがの

の月の

春ね梅満

開

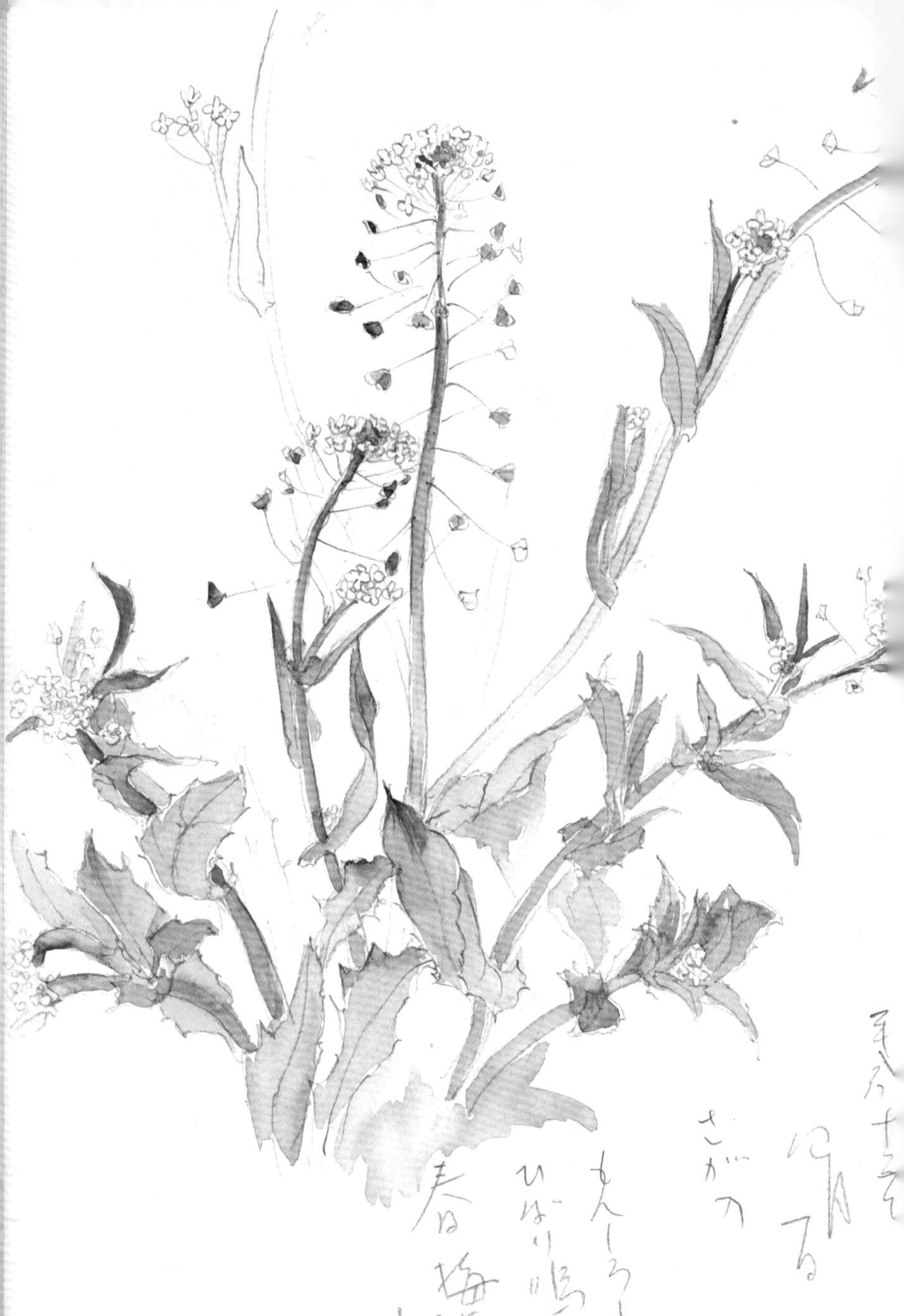

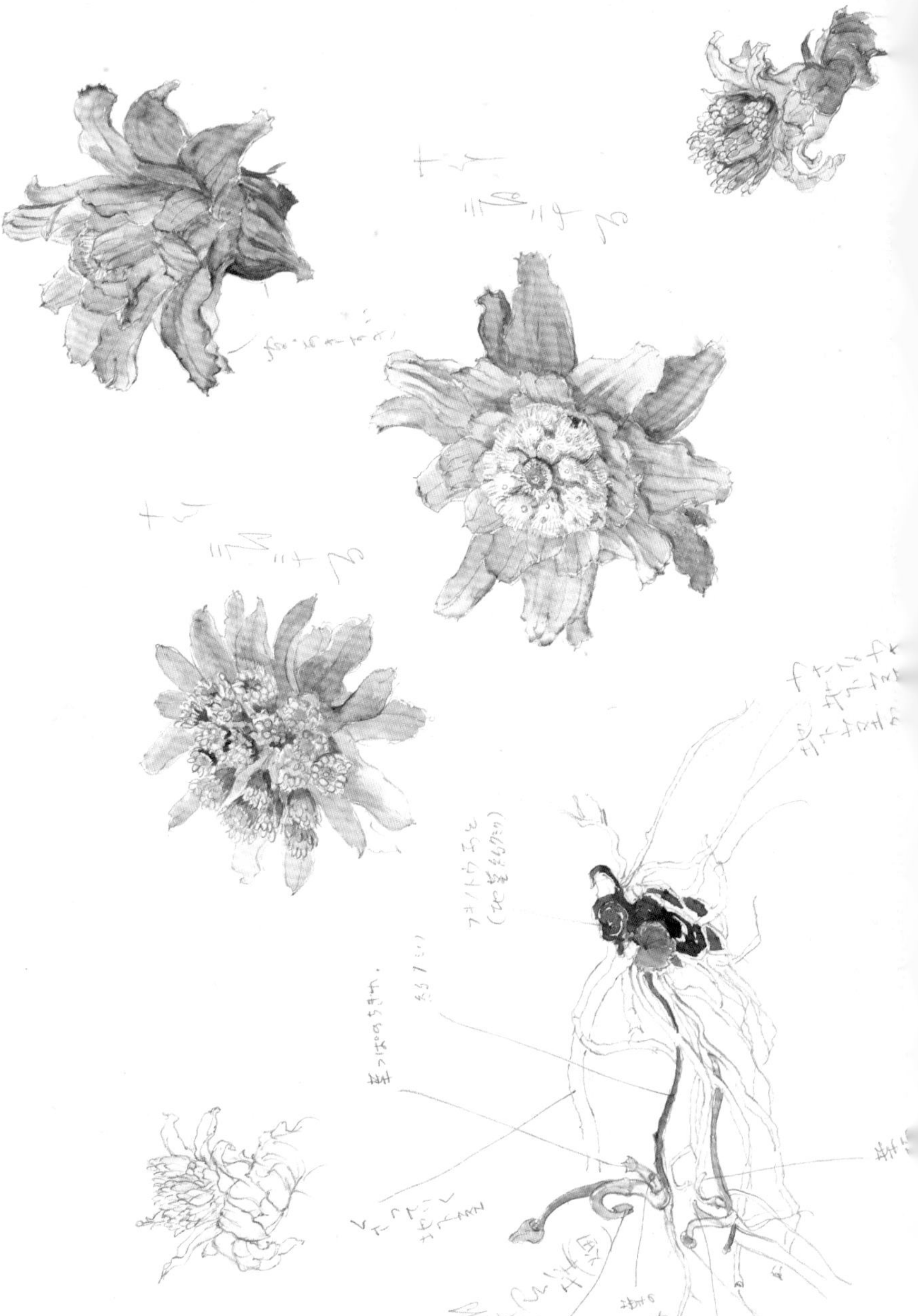

五月十三日

ギシギシに
くっついて
いる甲虫
はっぱをたべてる
ぼろぼろ、おちる
はっぱを持ち上げると
時に
とぶ

２つそばに
ロアメリカや、ろ、しらウレツルリンドー
レ らかサブにらい
ヒオオナモミ
ナワマメ
ミニ立 クサネム
ヌスビトハギ
ヤマゴボウ
ツリフネ
レ ツユクサ
レ キンミズヒキ
ミミズバナ
ヤブカラシ
ヒナタイノコヅチ

クサネムの

そぞそばは
赤い花びら
に包まれ
ている

つゆくさの種子

↓ つゆくさの種子
１コの実の中に４コの種子

１みぞそばの
若い種子
赤い花びらの中に

みぞそばが熟した実。

みぞそばがくろくなるとき
の種子 茎について
ほとんどかたまく
青い実の

十月二十八日

著者スケッチブックより｜いずれも部分

目次

あしなが蜂と暮らした夏

私が、はじめてあしなが蜂の青むし狩りに出会ったのは、京都市郊外の、とあるきゃべつ畑でした。

このきゃべつ畑は、持ち主が農薬や化学肥料をきらって、自家製のたい肥で育てているという畑だけあって、きゃべつの玉は深々とした青紫色に沈んで、見るからにやわらかく、目を見張るような大玉揃いでした。

雲一つない晩春のある日のこと、朝からこの畑にしゃがみこんできゃべつの写生をしていた私は、昼近くになって何匹ものあしなが蜂がうるさくまわりを飛び廻るのに気づきました。

見上げると、見渡す限りの青空に突然現れたケシ粒ほどの黒い影が、矢のようにこちらに向かった、と、みるみるあしなが蜂が姿を現わしました。あしなが蜂はきゃべつ畑の上でいきなり高度を下げると、ゆっくりときゃべつの上を旋回しはじめました。もんしろ蝶の幼虫狩りにやってきたのです。

何匹ものあしなが蜂が、晩春の陽光にきらめきながらぐるぐるときゃべつの上を旋回するさまは、獲物を狙って、執拗に低空飛行をくりかえす偵察機そのままで、これから始まる青むし狩りに胸をときめかせるに十分な迫力がありました。

このあしなが蜂は、「せぐろあしなが蜂」と呼ばれて、体長二十〜二十六ミリ、お腹の模様が黒とオレンジ色の横縞模様をした蜂で、もんしろ蝶の幼虫である青むしなどを常食にする蜂です。

いま、このきゃべつ畑にやってきた蜂は、創設女王と呼ばれる女王蜂です。昨年の秋に交尾を終わると、お腹に卵をかかえて木のうろや石垣などの間で越冬し、春になった今、農家の軒下などに巣を作って卵を生み、生まれてきた幼虫を育てている今年の母蜂です。

さて女王は、これと狙いを定めたきゃべつの上にそっと降り立つと、青むしに喰いあらされたきゃべつの穴から穴を、せわしなくくぐりまわり、夢中で青むしを探しはじめました。

女王は、一齢や二齢の幼虫には見向きもしません。三齢以上の大ぶりな幼虫を狙っているようです。

すでに刈り倒されて束にされ、畦《あぜ》に横たわる菜種の間を執拗に調べまわる女王もいますが、これは、終齢を迎えた青むしが、さなぎになる場所を探してさまよい、しばしばきゃべつ畑を離れる習性を熟知しての行動と思われます。

さて、きゃべつ畑で獲物を探す女王は、これぞと思う青むしを見つけるやいなや、ぱっと飛びかかり、大顎で青むしの背中の上部に鋭い一撃を浴びせます。息をのむ精悍な攻撃の一瞬です。

女王は、ぐったりとなった獲物にまたがると、落ち着いた動作で、大顎を使って背中の肉を切りさき、嚙みとります。そして自分の頭の二倍から五倍もあろうかと思う肉の塊を前脚二本を使ってくるくると器用に廻し廻し、満遍なく嚙みに嚙んで、青緑色の、なめらかな求肥《ぎゅうひ》そっくりのまるい青むしの肉団子を作りあげます。

触角で器用に調子をとりとり、真剣に獲物を料理する様には少しの残酷もありません。

生きることにのみ専心する生きものたちに特有のひたむきな行動が、見る者に深い説得力と感動を伝えます。

女王が、如何にこの作業に没頭しているかは、私が彼女に近々と顔を近づけても、平然としてその作業を続けていますし、彼女から十センチの至近距離でカメラのシャッターを切りつづけても、シャッターの音などまるで耳に入らないかのようにぴくりともしません。ふだんは、ほんのかすかな物音にもパッとふりむきざま、さっとV字型に羽をたて、いまにも飛びかからんばかりに威嚇する彼女からは、想像しにくい獲物狩りへの心の奪われ方です。

この獲物狩りに女王は毒針を使いません。最初の一撃から肉団子を作りあげる迄、女王が使うのはその鋭い大顎と、二本の前脚だけです。

女王はまた、肉団子の料理に唾液は混ぜないようです。何故なら蜂の唾液は真っ黒なのに、青むしをどんなに噛みこんでも、独特のつややかな青緑の色を保っていることでわかります。

やがて狩りを終わった女王は、まんまるに作りあげた青むしの肉団子をしっかりと胸にだき込み、きゃべつ畑を離れると一気に高度をあげ、あっという間に青空に吸い込まれてしまうのです。

女王は一体どこに消えるのだろうか、女王はその巣をどこに構えているのだろうか。せぐろあしなが蜂は、主に人家の軒下やその近くに巣を作って、人間になじんで暮らすという、ただそれだけの知識と経験を頼りに、私は毎日、写生で通いなれた洛北あたりの農家の軒下などを探しまわりました。
しかしいざ探してみると、見なれているはずの巣がおいそれと見つかるものでもありませんでした。一日中歩きまわるだけの空しい日が続くばかりでした。

その日、比叡山の麓近くの田舎道を歩いていた私は、ふと、田舎道に背を向けて建つ、一軒のとたんの波板張りの納屋が目に留まりました。納屋の入り口に回りこんでみると、まわりに人影はなく、巾一間近くもあろうかと思われる同じとたん張りの引き戸が半びらきになっていました。

中をのぞくと、うす暗い納屋の中には、田植え用のトラクター、いく種類もの化学肥料の大袋、鍬《くわ》、すき、シャベル、稲縄、などなど、あらゆる農具が雑然と納められていました。

納屋の軒下には、地下足袋、ゴム長、鎌の類、柱には手甲から檜笠《ひのきがさ》までがぶら下げられていました。納屋の前の十五〜六坪ほどの敷地にはコンクリートが敷かれており、敷地の端には二台の乗用車がとめられていました。敷地は駐車場として使われていると思われました。

再びうす暗い納屋の中をのぞいて、何気なく天井を見上げた私は息をのみました。なんと、うす暗い天井や梁《はり》には、ざっと数えただけでも六十は下るまいと思われる、大小のせぐろあしなが蜂の巣がぶら下がっていたのです。

作られたばかりの新しい巣と、乾ききってボロボロに破れた古巣が入り混じって、まさにこの納屋は「あしなが蜂の団地」とでもいいたいものでした。納屋の暗さに目が慣れてくると、巣の上で動いたりうずくまったりしている蜂も見えてきて、これは今年の女王蜂と思われました。

納屋の外に長くせり出した軒を見上げた私は更に驚きました。明るい日差しを受けて、軒裏では何匹もの女王が巣作りの真っ最中であったのです。

ここだ！　私は観察にはもってこいの、明るい軒裏に巣を構えた蜂たちとおつき合いをすることに決めました。

私はとりあえず、道をはさんで納屋の反対側の、門構えのある農家を訪ねてみることにしました。

瓦葺の屋根を支える太い門柱や、観音開きの扉は古びたベンガラ塗りで、くぐり戸から中をのぞくと、庭の飛び石のさき十メートルほどのところに、一間足らずの障子張りの引き戸が閉まっていました。

声をかけると、「はーい」と明るい返事がして四十余りと見える女の人が顔を出しました。

軽く日焼けした、目鼻立ちのはっきりした人で、この家の女主人と思われました。くたびれたブラウスにジーパン姿の、見かけぬ訪問者にちょっと驚いたようでしたが、用件を話すと「どうぞどうぞ、なんぼでも」と拍子抜けする位あっさりと承知してくれました。余談ですが後で知ったところによると、この女の人のご実父は植物分類学者だそうで、私のとんきょうな申し出をあっさり承知してくれたのも、そんな背景があってのことかもしれません。

後にこの人は、直径十五センチはあろうかという巣を見つけてくれるなど、なにくれとなく私の面倒を見てくれたのです。

さて、納屋に通うことになった私は、うす暗い巣の中をのぞくための懐中電灯、観察のための虫メガネ、巣の観察に必要な、合わせ鏡に使う小さな手鏡二枚、を用意しました。


市の中心部に当る我が家から洛北に位置する納屋までは、バスを乗りついで一時間半程の距離です。私は時間の許す限りこの納屋に顔を出そうとしました。早朝から日没迄、この納屋にいることも珍しくはなかったのです。それ程彼女たちの暮らしぶりは私を引き付けて止みませんでした。

納屋は標高八四八メートルの比叡山の山裾に建っており、市内との気温差が一～二度はあると聞きます。

改めて納屋を訪れたその日は、納屋の目の前に広がる田んぼはれんげの花盛りでした。

かげろうの燃えるれんげ畑をかすめて飛び交うつばめの他は、あたり一面静まりかえって人影もなく、かすかなアブの羽音に自然の呼吸が感じられるくらいでした。

納屋のまわりだけが、ブンブンと飛び廻る蜂の羽音で活気づいていました。

心地よい羽音をたのしんでいると、納屋の裏手から八十にとどくかと思われる、野良着姿のおばあさんが、ゆっくりと右足をひきずりながら近づいてきました。挨拶をすると、「あんたかいな、蜂をみたいというねえさんは」と言い、「こないだ、あんたが会うたんは、うっとこ（自分のところの意）の嫁はんや」と言いました。

「なんぼでも好きなだけみたらええ」と納屋の戸を開けながら、「蜂な、尿素の袋の中へ飛び込んで死ぬのがいるえ」とふびんそうな様子を見せました。

おばあさんは、「うち、これから鶏に餌やらんならんで」と、納屋から、使い古したまな板と、柄のとれた包丁を取り出すと、納屋の並びにある、間口半間ほどの鶏小屋の前に不自由な右足を投げ出して腰を落としました。四羽の白色レグホンがけたたましくかけ寄ってきました。おばあさんは、束ねた大根の葉をさくさくと切りながら、「鶏かて人間とおんなじやで。ちゃんと面倒みたらなあかん」と言いながら世話をやいていました。

納屋の軒下では、母蜂たちが陽光にきらめきながら忙しく飛びまわっています。しかし飛びながらも母蜂たちは、互いの行動を神経質に気にし合っているようでした。自分の巣によその蜂は寄せつけないぞという警戒が伝わります。

一方、静かに巣の天井に座って巣守りをしている母親もいれば、巣の一つの部屋に頭から体を深くつっこんで何やら調べているらしい母親もいる。中にはどこかへ出かけたまま、三十分以上経っても帰ってこない母親もいるというふうで、母蜂たちはそれぞれの生活に余念がないようでした。

私は、ともかく巣の中をのぞいてみることにして、納屋の中から踏み台を持ち出し、その上に立ってみました。軽く腕を伸ばせば十分に巣に手が届くことがわかりました。

仰むいて懐中電灯を当てると、一つの部屋の壁奥に、二ミリ位の俵型をした何かがくっついていました。くわしく調べようと思い、私は巣の入り口が手前に向くよう、巣が吊られている細い柱を折らないように用心しながら、少しずつゆっくりと手前にたわめました。

固いと見えた柱は驚くほど柔軟でした。弓なりにたわみながら、巣の入り口をこちらに向けたのです。この巣の部屋数は十八個、光を当てると、十四個の部屋の奥には同じ俵型のものが同じに光っており、残り四個は空き部屋でした。卵に違いない。母親は、目下、巣作りと卵生みに専念している、残り四個の空き部屋も間もなく卵で埋められるはず、と、私は思いました。

それにしても、正六角形の巣の口をぴったりと繋ぎ合わせ繋ぎ合わせしながら八方へ拡大し、亀甲模様を作りあげていく、その技術の見事さ、幾何学的な形の美しさには感嘆の他ありません。物指しも持たない昆虫の、すばらしい匠の技です。まして正六角形が最も潰れにくい形であることを知っているとは……。本能という説明だけでは納得のいかない不可思議です。

蜂は、巣作りをはじめる時、自分の触角を物指しにして、最初の正六角形の一辺の長さを決めるそうです。

そういえば、私たち人間も物指しのない時、自分の手や足を物指し代わりに使って寸法を計ったりします。

荒唐《こうとう》無稽《むけい》な発想とは思いつつも思わず頬がゆるみ、お互い生きもの同士の親愛を新たにした瞬間でした。

蜂の巣は、それぞれ亀甲の大きさが異なりましたが、見なれた灰色の巣の色にも微妙な違いがありました。

白っぽい灰色、黒色の濃いもの、やや赤みを帯びた灰色など。それ等の色の違いは、恐らく母蜂が採取した材料の色の違いであろうかと思われました。

それから間もないある日、私は偶然、母蜂が巣の材料採りらしい作業に専念している所に出くわしました。

鶏小屋の前の畑の隅に打ち込まれた、直径十センチ足らずの古びた棒くいの角を、熱心に齧《かじ》りとっていたのです。カチカチと鋭い両顎を噛み合わせる澄んだ音が響く度に、母蜂の口から細い木屑《くず》が綿のようにからみ合ってたれ下がってきます。母蜂がこれを捏ねると、真っ黒なねばっこい木屑の玉が出来上がりました。

母蜂は、青むし狩りの時には使わなかった黒い唾液を、巣作りに混ぜ込んでいるのです。

母蜂は真っ黒な玉をかかえて、さっと納屋の巣にもどると、巣に仰向けにまたがり、あとずさりしながら黒い玉を壁に押しつけて、一つの部屋の壁を高く盛りあげていき、新しい部屋を一つ作り上げました。

壁が乾くと、母蜂はその新しい部屋にお腹を深く差し込んで、おおよそ一分位もかかって卵を一個生みつけたのです。

百数十個、あるいはそれ以上もの卵を生むという母蜂たちは、季節を迎えた今、産卵と、そのための部屋作りの両方をこなすべく、連日、八面六臂《はちめんろっぴ》の働きを余儀なくされているようでした。

加えて母蜂は自身の食料も調達しなければなりません。いつか、三十分以上も巣を空けっぱなしにして気をもませた母蜂がいましたが、あるいは自分の餌捕りに出かけていたのかもしれません。

ある時、肉団子を胸に抱いて自分の巣の屋根に羽を下ろした母蜂がいました。二本の前脚を使って、くるくると団子を廻しながら一生懸命食べていた彼女は、不覚にも団子をぽろっととり落としてしまったのです。はっと下を見下ろしましたが拾おうとはせず、案外あっさりと前脚で触角をしごいたり、顔全体を撫でまわしたりして食後の掃除をすますと、巣の屋根に静かにうずくまりました。

卵生みに、新しい部屋作りに、餌探しにと、多忙を極める母親たちは、その合間を縫って、巣の壁を後脚でつついて出来上がり具合を確かめたり、壁の形を整えたり、巣の破れを繕《つくろ》ったり、はては自分の巣に近づくよその母親を追い払ったりと、孤軍奮闘の毎日でした。

しかし夕方になると、勇士の如く奮闘した母親たちも、外出していた母親たちもそれぞれの巣にもどり、巣の上に覆いかぶさるようにして静かにうずくまるのです。

比叡山麓の夕暮れは早く、この季節、五時ともなれば母蜂たちも一日の終りを迎えるようでした。

ところでこの母蜂たちですが、神経質に仲間の行動を警戒するのに比べて、人間の私に対する警戒は、不思議なくらいに寛容でした。

毎日うるさく巣のまわりをうろつき廻って巣の中を懐中電灯で照らしたり、巣の柱をつまんで仰向けにねじ曲げたり、薄い巣の壁を鉛筆の先でつついたりと、やりたい放題の私から、一刻も警戒の目はゆるめないものの、飛びかかりざま毒針を抜くこともなければ、鋭い顎で嚙みつくこともなかったのです。母蜂はそっと巣を離れて梁に止り、私のすることの一部始終を、注意深く観察しているだけでした。

創設女王は、自分の命の危険を感じない限り、毒針を抜くことはないそうです。そういえば、あの青むし狩りの時も、獲物を仕留めるために鋭い大顎を使いましたが、針を抜くことはありませんでした。不思議な習性ではあります。

やがて母蜂たちは、日課のように巣を覗きまわる私を相手にしなくなり、警戒の目を解いていきました。

そして、おばあさんは納屋で顔を合わせる私のことを、「蜂のねえさん」と呼び、おばあさんのことを「おばさん」と呼んでいた私に、「うちはな、りえもんのおかあ、ちゅうの」と教えてくれました。

りえもん？　そういえばはじめてこの納屋を訪ねたあの日、軒下にかけられた古びた檜笠《ひのきがさ》に〈利、と大きく書かれた墨書を見て、その意味に興味を持っていた私でした。

おかあの話によると、おかあの家は先祖代々当主が利右衛門を名乗ってきた旧農で、〈利は、屋号だということでした。おかあは、納屋に顔を見せる度に、「ねえさん、今日は蜂さんどうしてはるえ？」と蜂の様子を気にかけました。

初夏を迎えて母蜂たちは、ますます多忙を極めるようでした。産卵に必要な新しい部屋作りと、それに続く産卵、生みつけた卵の成長具合を調べるなど、母蜂の務めに没頭しました。

巣の部屋数にあわせて卵の数も増えていき、蜂の巣は、次第に堂々と、その存在感をあらわにしていきました。

この頃になると、私はどうも女王たちのそれぞれに、性質の違いがあるのでは？　と思い始めました。個々の体の黄味を帯びたオレンジ色や、黒い縞柄に微妙な違いがあるように、性質にも違いがあると思えるのです。

例えば巣の作り方一つを見ても、何気なく見ればどの巣も正六角形の集まり、壁の厚さも同じように見えますが、比べてみると巣の六角形の大きさにも違いが見られるのです。

蜂は最初の六角形の一辺の長さを決める時、自分の触角を物指しにするのですから、六角形の大きさが違うのは当たり前としても、その形にゆがみがあったり、穴だらけの壁があったり厚さにむらがあったりで、巣の出来具合にも母親の性質が感じられるのです。

巣守りの仕方を見ても、わずかな壁の破れを気にして熱心に繕う母親もいれば、無頓着な母親もいる、卵の様子を気にしてか、せかせかとこまめに部屋部屋を見回る母親もいれば無精な母親もいるというふうに。

そういえばいるいる、私たち人間にも。仕事熱心な人、適当にずぼらな人、神経質な人もいれば呑気《のんき》な人もいる、というふうに。種類が違うだけの同じ生きものだもの、蜂たちにもいろいろあって何の不思議はないさ、と思えるのです。

そうしたある日、軒端の柱にぶら下げられた例の〈利の檜笠のあたりで、ふっと消えた女王がいました。どこに消えたのか、女王は一向に姿を見せません。もしやと思ってそっと檜笠を裏返して見ると、そこには小さな蜂の巣が作られていて、その巣の上に女王は座っていたのです。

「ここなら誰に見つかることもあるまい」と思ってのことかどうか、巣を私に見つけられた母蜂は如何にも気弱そうに、あっさりと巣を私に譲ると、まぶしい初夏の光の中に姿を消しました。しかしすぐに帰ってくると、私の目をくらますかのように、檜笠に近づいたり遠のいたり、笠を遠まきに廻ったりをくり返しながら突然ぱっと笠の中に消えたのです。

巣のありかを懸命にかくそうとする母蜂の知恵とでもいうのでしょうか。

軒下に長く放置されたとみえる、リンゴ箱の中に巣をかまえた母蜂もいて、これはまた、おっとりとも臆病とも言いようのない蜂でした。私が巣の中をのぞき込んでも、箱ごと持ち上げてがたがたゆすっても、彼女は巣の上をあちこち移動するだけで怒りもせず、逃げもせず、果ては私が虫メガネを巣の縁に当てて卵をのぞき込んでも、じっと私を見つめ続けるだけでした。巣の作りも乱雑で、形も不正確なら壁も薄くて、穴やすき間だらけ、たまに外出すると、何時間も帰ってこない、というふうでした。

しかしこの母蜂も巣に帰ってくる時は、敵の目をそらすかのように、リンゴ箱に近づいたり遠のいたりをくり返しながら突然さっと巣に飛び込み、巣に直行することはありませんでした。

納屋に通い始めて二週間近くになる頃には、餌捕りに出かけた母親が巣に帰ってくる時の方向の取り方や飛びぐせで、どの巣の母親が帰ってきたのかおおよその見当がつくようになっていました。

「へーえ、あんた、どの巣のお母さんが帰ってきたのかわかるようになったんか？」

持病の糖尿病の煎じ薬をつくるとかで、畦で刈り集めた「かきどおし」を軒端の竿につるし干ししながら、おかあは大笑いしたのです。

幾匹もの母蜂たちの中に私が「赤巣の女王」と呼んだ、優れた母蜂がいました。こぢんまりとした正六角形を繋ぎ合わせた二十四の室は、どの部屋一つをとってもその形に少しのゆがみも見られず、きめ細やかに造り上げられた壁の厚さも均一で、他の巣に比べて一段と見事な出来ばえでした。

私がこの巣を「赤巣」と呼んだのは、巣の色が何故か、ほのかなピンクの赤みを帯びていたためで、これは彼女が採取した、材料の色によるものでは？　と思われました。

彼女の日常は、他の母親たちに比べると、餌捕りに巣を空ける時間は比較的短く、巣にいる時も、その振舞は一体にもの静かでした。しかし格別きれい好きな性格なのか、あるいは勤勉なのか、こまめに部屋部屋を見廻り、巣の壁の点検もおこたりませんでした。

この母親は、他の母蜂と違って、他人の巣への関心をさほど示しませんでしたが、よその巣の母親がちょっとでも自分の巣に近づく素振りでも見せようものなら、潔癖なまでにいやがり、即座に、鋭く追い払うのでした。


さて、私がはじめて「幼虫」を見たのは、五月も中旬間近のある朝のことでした。巣の中心部に当る四つの部屋の一つ一つに、オレンジ色をした俵型の幼虫が一匹ずつ黒い頭を下にしてぶら下がっていたのです。

四ミリにも満たない幼虫たちには、すでに黒い頭や鋭い顎が見られ、中には部屋の奥にねそべった幼虫もいて、そのあどけない風姿が笑みをさそいました。

幼虫がオレンジ色？　もしかしてこれは皮膚が薄すぎるために内臓が透けて見えているのでは？　と想像しましたが、この想像は当っていたと、後の調べでわかりました。

改めて卵の生みつけてある部屋を調べてみると、部屋の壁には、それぞれ二～三個の固めの蜜らしいものがポチッとたらしてありました。

母蜂が、生まれてくる赤ん坊のために備えたものなのか、時間が経って白く固まっているのも見えて、爪楊枝の先でちょっと失敬して食べてみると、シャリシャリと口に甘く溶けたのです。

もしかしたら母親は、肉団子を食べるには早い生まれたばかりの幼虫の餌として、蜜を部屋の壁に溜めておき、母蜂の口で掬い取って与えるのでは？　私はそんな想像をしたものです。

幼虫たちのオレンジ色は、時を追って薄くなっていき、生まれた翌日には、私たちの見なれた、あのつやつやしたクリーム色に変わっていました。

幼虫たちは日を追って次々と誕生しました。

日毎に成長していく幼虫たちの食慾は目を見張るばかりに旺盛でした。

母蜂たちは、晴れた日は勿論のこと、雨の日も風の日も、その止み間をついて餌捕りにはげんだのです。

しかし、次々と誕生し、成長を続ける幼虫たちの食欲を満足させてやることは難しく、目の見えない幼虫たちは、部屋の入り口に向けた黒い頭を前後左右に絶えまなくこっくりこっくりと動かしながら、餌を探り続けたのです。

幼虫たちは、ほんのかすかな壁の振動にも、いっせいにピチピチと口を動かし頭を振って餌をねだるのでした。

初夏を迎えた納屋は、終日、子育てに没頭する母蜂たちの朗らかな羽音で賑わいました。

田の畦を埋めた、からすのえんどうは終りに近く、ぎしぎしも大いにのびて、子供たちの吹く明るい草笛が、子育てにはげむ母蜂たちの活気を一段とたのしく彩ったのです。

鶏の世話をするために毎日納屋に顔を出す利右衛門のおかあは、ある日、こんなことを言うのです。「ねえさん、みな言うてるえ、『今年は、きっと風がきつい な』て。風がきつい年は虫（蜂の意）が風をよけて天井やらこういう高い所（軒の意）に巣う作るの、木の間や垣根にちょっとも作ったあらへん。こういうもんは賢いえ、よう知ってるの、人間はこういうもんに教えてもろてんの、あほは人間だけや」

日を追って母蜂が餌捕りに出かける回数がふえると、その分、母蜂自身の命にも危険が多くふりかかっていくようでした。

冷たい五月雨の降りしきるある日、突然背後で起こった激しい蜂の羽音にふりむくと、軒下近くに大きく張られた蜘蛛《くも》の巣に、一匹の母蜂が捕まっていました。蜘蛛は大いそぎで獲物に近づいたものの、激しくあばれる母蜂の勢いにたじろいで、四〜五センチの距離にまで近づいては逃げ、近づいては逃げを、一〜二分もくりかえすうちに母蜂は網を喰い切ったか、パチッ、という激しい音と共に体を床のコンクリートにたたきつけました。

そして、しーんと静まりかえったまま母蜂の姿はどこにも見当たりませんでした。

蜘蛛は母蜂が網に落とした青むしの肉団子を網のすみに引きずっていき、ゆっくりと御馳走になったのです。

網を逃れた母蜂はどこに行ったのか、ついに見つかりませんでした。

どこの巣の母蜂だったのか、馴じみのリンゴ箱、檜笠、赤巣、それぞれの母蜂たちは、それぞれの子育てにいそしんでおり、幼虫たちも恙《つつが》ないようでした。

この事があってから間もないある日、再び遭難した母蜂に出会いました。

その母蜂は、糸の絡み付いた体と長い二本の後脚を、やっとの思いでひきずりながら、よたよたと軒下のコンクリートを這っていたのです。私はあわててスケッチかばんの中から小さな和ばさみと、ピンセット、チリ紙の束をとり出しました。これ等は植物採集のために持ち歩いている道具の一つです。チリ紙を分厚く重ねて彼女の腰のあたりをぐるぐる巻きにし、蜂の体をしっかりと指で押さえました。蜂の自由を奪ってから、小ばさみでしばられた蜘蛛の糸を切り除き、彼女を自由にしようと思ったのです。母蜂は、稲妻の速さで毒針を光らせ私の指を突きました。しかし分厚く重ねたチリ紙は、鋭い彼女の一撃を空振りさせたのです。

女王蜂は、自分の命に危険が及ばない限り毒針を抜かないと聞きました。たしかに、きゃべつ畑で青むし狩りを見た時、母蜂は鋭い大顎だけを使って獲物を仕留め、料理し、毒針は使いませんでした。

たまたま納屋にきていたおかあは、必死に抵抗する母蜂に向かって、「これ、静かにせんかい、いまねえさんが、あんじょうしてくれてはるのに、おとなしゅうせんかい、あほやな」と何度も叱責したのです。

この日から日をおかず、今度はリンゴ箱の母蜂に小さな異変がおこりました。ある日の昼前、餌捕りに巣を出ていったきり、二日経っても帰って来なかったのです。

もしかして、私がいやがる母親を無視して巣の中をのぞいたりしたために、臆病でおとなしいこの母親は子育てをあきらめて巣をすてたのかもしれません。

リンゴ箱の蜂の子たちは、三日経っても生きていて、頭を動かしているものの、育った気配はありませんでした。

おかあの話でも、きのうは一日中気をつけて見ていたけれど、一度も帰ってこなかったと言いました。

「可哀想なことやった。蜂のお母さん、びっくりして帰ってきやへんだやろか。それとも道に迷うたんやろか。お母さん巣をすてはったら、ほかの巣の蜂は面倒みたらへん。あんなもん畜生やさかい、しょうがない。人間やったらよその子をかて、ちょっとくらい見たるけど、仕方ないな、もう死なはるかもしれんで」

しかし、巣を出てから三日目に母蜂は帰ってきたのです。しかもこげ茶色をした小さな団子を銜《くわ》えて。

虫メガネを当ててみると、その団子は、表面がぶつぶつしていて固そうでした。噛み込まれていないらしいところを見ると、よほど固い虫だったのか、それとも帰りを急いで嚙み込まないまま帰ってきたのか。

母蜂は巣に仰向きにつかまると、前脚で団子をつかんで、くるくると廻しながら、丁寧に嚙み込んでいます。臆病なこの母蜂は、私の視線をちょっとでも感じると、ぱっと作業を停止して私をじっと見つめ、巣の裏側にかくれるのです。虫メガネを嫌い、私の腕を嫌い、私が虫メガネを巣から離すのをしっかりとたしかめてから、ようやく子供たちに餌を与えはじめるのです。


さて、五月も半ばのある朝、その日は梅雨前線の影響からか、どしゃぶりの大雨でした。蜂たちの様子が気になって納屋に来てみると、納屋のとたん屋根は、たたきつける激しい雨にバリバリと音をたてて雨しぶきの中に煙っていました。軒下をのぞくと、母蜂たちは静かに巣の上にうずくまっていました。この大雨では、餌捕りはさすがに無理だろうな。

利右衛門のおかあを訪ねると、おかあは明るい縁側で、久留米絣の野良着の繕いをしていました。眼鏡ごしに「きょうはこんな雨やさけ、来いひん（来ない）と思うてた。あんた弁当持ってきたんか」と雨の中を訪ねた私のお昼を気にしてくれました。

やがて比叡山の中腹から霧が立ち上り、つばめが小止みの雨をついて飛び交い、うぐいすが鳴き、上がるな、と思う間もなくまたざあーっとくる、をくりかえしながら、お昼を過ぎてようやく青空がのぞきはじめると、母蜂たちはさっと巣を飛び出して餌捕りにはげむのです。

幼虫がまだ卵の頃には、互いの縄張りを意識してか、他の巣の母親のかすかな羽音にも神経をとがらせていた母蜂たちが、子育て真っ最中のいま、他の巣のことなどかまっていられないとばかり、よその巣の母蜂などには見向きもせず、子育てに没頭するのです。

そんなある日、幼虫に不思議なことが起こりました。最初に生まれた幼虫の二、三匹の黒い頭がそろって消えて、体全体がクリーム色の、のっぺらぼうになっているのです。体中が、しわしわの白い膜をかぶっていて、その膜の中に黒い頭や目、口、顎が透けて見えます。幼虫は、のっぺらぼうの体をゆっくり、ゆっくり、まわしながら、二時間位もかけてもとの黒い頭をした、一段とみずみずしい幼虫にもどりました。脱皮だ！　そう思いました。事実、幼虫たちは何度もこうした行動をくりかえしながら、その度に大きくなっていったのです。

そうした五月も下旬に近いある日の朝、リンゴ箱の巣に思いがけないことが起こりました。部屋いっぱいに、まるまると育っていた幼虫の一匹が部屋からすぽっと消えていたのです。大きくなりすぎて、自分の重みで落下したのか？　巣の下を探しましたが見当たりませんでした。これが、母蜂同士の間に見られる、子ぬすびの行動を知るきっかけでした。

蜂にとって、他の巣の蜂は敵です。育ち盛りの何十匹もの子にゆき渡る程、餌の捕獲は無理なのでしょう。栄養たっぷりの敵の幼虫をさらって吾が子を育てる、私はその後、子ぬすびの瞬間を何度も目撃しました。

ある朝のこと、一匹の母蜂がリンゴ箱の巣の中をのぞき込んでいました。餌を与えているのだなと思ったその瞬間、大きな幼虫がずるずると部屋の外へひきずり出されました。見たぞ、犯人は母親だ。胸がはげしく鳴り、興奮して母蜂に顔を近づけました。蜂は一センチ以上もある、まるまると太った幼虫をずるずるとあちこちひきずりまわし、軒端まで運ぶと噛みくだき始めたのです。吾が子を食ってる！　と、私は思いました。ところが蜂は幼虫を噛みくだき肉団子をつくると、しばらくその巣のまわりを飛びまわっていましたが、納屋の入り口近くにある一つの巣に飛んでいき、その巣の中の幼虫に与えたのです。母親と思ったこの蜂は母蜂ではなく、よその巣の子を盗む、ぬすっと蜂だったのです。

直後にリンゴ箱の母蜂が帰ってきました。

母親はすぐに吾が子が盗まれたことに気付き、いてもたってもいられぬ風で、不安げに巣の屋根の上をカサカサと足早に歩きまわり、匂いをかぐようにぬすっと蜂の歩いたあとをせわしなく尋ねまわりました。私は思わず「あんたが居いひんさかい、とられたんや、どこうろついてたんや」と叱責したのです。臆病で神経質なこの母親は不安げに歩きまわったあと、そのまま外に出ていきました。

調べてみるとこの母親は、すでに四つの子をとられていたのです。

こうした子ぬすびは、母親たちの間でしつこくくりかえされたのです。

子ぬすびは、母蜂が巣守りをしているその時でさえ行われました。

巣を襲われた母蜂は、敵に捨て身の体当たりをくらわせる、かわしそこねた敵がパチッと音をたてて、巣守りの母蜂とぶつかり、二匹はもんどりうって地面にたたきつけられる、さっと巣に帰ろうとする母蜂を今度は別の母蜂が襲う。三匹の母蜂が輪をえがいてブンブンと戦う。

軒下のあちこちで、二、三匹ずつの母蜂たちが入り乱れて戦っているのです。それは戦闘機さながらの巣守り合戦でした。

ところで母蜂とぬすっと蜂には、人間の私にも理解しやすい行動の違いがありました。

母蜂は、自分の巣に帰ってくると、まず巣の上に落ち着いて止り、前脚をこすり合わせ、後脚をこすり合わせ、触角をしごいて、外での体の汚れを掃除するしぐさを見せます。

ひとまず落ち着いてから、一部屋、一部屋に頭を差し込んで、ゆっくりと幼虫を見廻ります。

ところがぬすっと蜂はというと、あたりを警戒する様子でせかせかと巣に近づくと、やにわに幼虫を引っぱり出すのです。あっと思った時にはまるまると太った幼虫は、ぬすっとのするどい顎にがっちりと喰いつかれ、前脚にしっかりと抱きかかえられていて、あとはひきずられてぬすっと蜂の幼虫の餌にされるだけなのです。

私は、巣に止った母蜂が、前脚をこすり合わせるのを見ると、ほっと助かった気になるのでした。

さて、五月も末近いある早朝、おかあが、納屋への近道のつもりか納屋の横手のねぎ畑の畝間《うねま》を歩いてやってきました。

「ねえさんもう来たんか、早いね」挨拶を交わしはじめたその時、軒端の巣の一つから、あっという間に一匹の幼虫がひきずり出されました。蜂は幼虫を巣の屋根にひきずり上げるといきなり料理をはじめたのです。

「あ、おばさん見ておみ、やられてる！」おかあの白内障の目にも鮮明なクリーム色をした、大きな幼虫は見えました。はじめて子ぬすびを見て驚いたおかあは、「ねえさんあの蜂殺しちゃろか、殺しちゃろか」と興奮しました。「おばさん殺そか」と言う私に「そやけど、あの蜂殺したら、あの蜂の子をが育たへんやろな」獲物さばきに余念のない母蜂を見ながらしみじみと言うのです。

「今年はえんどうのでけも悪い、いちごも数がすけない、道の草かて例年のようにはよう繁らへん、青むしもすけない」子ぬすびは仕方ないというのです。

やがて田植えの季節を迎えて畦の草むらが一掃されると、畦の虫もいなくなるのか、子ぬすびもその頻度を増していくようでした。

そういえば、畦の小溝でよく水を飲んでいた、せきれいの姿もみかけなくなりました。

「おばさん、ここ、二、三日、せきれいが水飲みに来いひんわ」と不思議がる私に、「ああ、草刈したさけな」と、当たり前のように言うのです。

せきれいも、自身の身を隠してくれていた草むらがなくなって、水場を失ったというのでしょうか。

この時期、母蜂たちの孤軍奮闘のさまは涙ぐましいばかりでした。

互いの子ぬすびをする度に起こる命がけの攻防戦、ピチピチと小さな口を動かしながら餌をねだり続ける幼虫たちへの餌運び、次々と生まれてくる幼虫の世話、その合間に行う巣の修繕、更には新しい卵を生むための部屋作り……。

加えて母蜂は、ある日、人間の私には想像もできないことをして私を驚かせました。

その日は、まだ五月の半ば過ぎだというのに、真夏日を思わせる暑さでした。納屋の日陰で初夏の景色をたのしんでいた私は、ふと、納屋のほとりの小溝の中に、一列に並んで水を飲む四匹の母蜂を見つけました。「この暑さだもの、のども渇くさ」そう思って見ていると、母蜂たちは揃ってさっと納屋の巣に帰り、やにわに自分の幼虫の部屋の一つに頭をつっこみました。もそもそと動いていましたが、しばらくすると部屋からすっと頭を抜きとりました。そしてつぎの部屋に頭をつっこんで同じことをくりかえしたのです。あとを覗いてみると、ほの暗い部屋壁に小さな水玉が二つ、光っているのが見えました。母蜂は、流れの水を口に含んで巣に帰り、幼虫の部屋ごとに配って歩いているようでした。やがて水を配り終えると、母蜂は巣の入り口に覆いかぶさり、六本の脚でしっかりと巣にまたがりました。そして四枚の羽をいっぱいに展げると、ブルルルルル……。

と全力で羽をふるわせて部屋に風を送ったのです。部屋に溜めた水で部屋を冷やし、幼虫たちを暑さから守ってやろうとするようでした。

聞けばせぐろあしなが蜂は、五千万年とも言われる生活史を持つ生きものだということです。

五千万年！ 彼女らは、どのようにしてこの長い時の淘汰を克服し、どのように適応して、現在の生態を獲得したのであろう、畏れるばかりです。

おかあに母蜂の行動の一部始終を話すと、おかあはこともなげに「母親ちゅうもんは子供のことちゅうたら、言わず語らずみなそうや」と言ったのです。

私は、こうした母蜂たちの涙ぐましい苦労をよそに、一日中餌をねだり続ける幼虫たちを見ているうちに、ちょっとしたいたずらを思いつきました。

きゅうり草の固くなった茎の先に、クリームパンの甘いクリームをちょっとからませ、母蜂の留守をねらって幼虫の口にちょこっとさわってみたのです。

すると、目が見えないという幼虫たちは、甘いクリームが口先に触れるやいなや、やみくもにむしゃぶりついてきたのです。

おかあは「いや、ねえさん、あんた、蜂のお母さんにかてなれるな」と笑うのです。

そして夕方、畑仕事を終えて再び納屋にやってきたおかあは、夕飯のおかずにすると言って、古バケツに摘んできた、えんどう豆の皮むきを終わると、空になったバケツを伏せて、バケツの底を枕に、軒端の巣を見上げながら「蜂さん帰って来よるがなあ」と、一匹、また一匹と巣に帰ってくる母蜂たちの無事の帰還を喜ぶのです。

やがて比叡山が暮色に包まれ、母蜂たちがそれぞれの巣の屋根に静かにうずくまると、彼女たちの、多難で多忙を極めた一日が終わるのです。

そして巣は、夕暮れの中に沈んでいき、子ぬすびをした母蜂も、子をぬすまれた母蜂も、みんな一様に静かな一日の終わりを迎えるのです。

ところで、納屋に沿った田舎道を歩いて五分足らずのところに、「あなた」という名の小さな喫茶店があります。コーヒーなどの他に、カレーライスやスパゲッティなどの簡単なメニューもあって、私はこの店で時々昼食をとっていました。店主は三十代半ばかと思える、ひと目でこの土地の人でないとわかる風貌の、物静かな人でした。

客などはめったになく、昼食もたいてい私一人だったので、店主は私の側近くに座って、話し相手をしてくれるのが常でした。

くたびれた作業着にズック靴、麦わら帽子を手にしてやってくる私を不思議に思っていたらしい店主は、ある日それを口にしました。私は、利右衛門の納屋であしなが蜂の観察をしていることを話し、ついでに今までに一度も見たことのない、あしなが蜂の起床時間や、彼女らの目ざめる時の様子なども見たいので、近く納屋の軒下で夜明かしをしてみるつもりであることを話しました。

店主は驚いた様子でしたが、しばらくして「納屋の軒下で夜明かしをするのなら、この店を使ってはどうか」と思いもかけない提案をしてくれました。

「あなたがその日を知らせてくれれば、閉店後も店の入り口のドアに鍵をかけないでおく、あなたは勝手に店で休み、勝手に店を出ていけばいい、私はその日は奥の部屋で泊まることにする」というものでした。

私は思いもよらない店主の好意を有り難く受けることにしました。

「あなた」に泊めてもらうことにしたその夜、真夜中になっても帰ってこない、リンゴ箱の母蜂の帰還をあきらめた私は、「あなた」に向い、入り口の扉をそっと押しました。

目に飛び込んできたのは、店の入り口からカウンターに向う、せまい通路を塞いでいる古い縁台でした。

縁台の大きさは、私が体を横にできるだけの長さと巾がありました。

体をのばして休めるようにとの、店主の心やりと直感されました。

翌朝、午前四時、「あなた」を出た私は、漆黒の闇の道を納屋へ急ぎました。

納屋は闇に深く沈んで眠っていました。

やがて、夜明けの冷気が比叡山の頂にかかる雲を吹き切り、闇の中からその山容が次第に木立と共に現れます。そして納屋が目ざめます。

一番鶏が鳴き、うぐいすの遠音が朝の冷気をふるわせ、雀の囀《さえず》りが賑やかになり、刻、一刻と夜明けが近づきます。

四時四十分、夜がしらみはじめました。蜂たちはまだよく眠っています。懐中電灯を当てても身動きもしません。

そして四時五十分、突然一匹の母蜂が、明けやらぬ大気の中につっこんでいきました。夜明けと共にはじまった餌探しです。

一匹、また一匹、母蜂たちは、灰色のシルエットを描いて音もなく巣をとび出していきます。

それはまるで、ひそかに基地を飛び立つ戦闘機さながらの潔さがありました。

寝坊した母蜂たちも、二十分位の後には全員が巣をあとにしたのです。

六時、比叡山の登山口、八瀬駅に向って、乗客のいない一番電車が一輌、おかあの家の裏手の線路を音を立てて登っていきました。

そしてその五分後、比叡山の左肩が突然輝きました。日の出です。

人影がたち、四方山のすべてが目ざめ、それぞれの営みを始めると、母蜂もまた、万象の中の一員として蜂の一日を生きるのです。

それは、夜明けの目ざめに始まり、日暮れの眠りに終わる、命がけの一日です。

さて、初夏のある日、一匹のまるまると太った大きな幼虫が、部屋の中で体を伸ばしたり縮めたりしていましたが、伸ばしすぎたのか、突然、にゅうーと部屋の外に大きく体をのり出してのけぞりました。落ちるっ！　と思ったその時、母蜂がさっと幼虫を部屋の中に押し込んでやりました。

幼虫はしばらくすると部屋の中で不思議な事をしはじめました。

部屋の壁の一箇所にちょっと口をつけると、口から真っ白な、つやつや光る細い糸を引きながら、ぎゅーっと大きくのけぞりました。少しずつ体をよじりながら、部屋壁に口をつけてはぎゅーっ、口をつけてはぎゅーっ、と、糸引きをくりかえしながら、部屋の入り口に糸を張りめぐらし、自分の体を部屋の中に閉じ込めていきます。

作業が進むにつれて、幼虫の体は少しずつ糸の向こうに霞んでいき、三十分位の後に、部屋は白蠟のような糸の蓋で密封されました。

幼虫は眠りながら、蜂となって生まれてくる日を待つのです。

母蜂は、幼虫のこの大仕事を手伝ってやりません。懸命に糸引きを続ける幼虫の部屋の入り口にまたがり、作業を促すつもりか、励ますつもりか、部屋壁を脚で時々トントンと叩いたりして、作業の様子を神経質に見守っているだけでした。

この季節、あちこちの巣で幼虫たちが、時に隣り合った二部屋で、殆ど同時に作業を始めたりしましたが、こういう時母蜂は、二部屋の入り口に同時にまたがり、両方の壁をトントンと叩いたりもするのでした。

幼虫が無事に作業を終えて部屋に籠もると、母蜂は思いもかけない事をして私をびっくりさせました。

それは、眠っている幼虫の部屋の壁を継ぎ足し高く伸ばしていき、部屋籠りをしている幼虫の部屋の蓋の上にもう一つ部屋を作ったのです。

そして母蜂は、新しく作った部屋の一角に卵を一つ生みつけたのです。

どうやら母蜂は、一つの部屋を二段構え、いわば二階建てにして使うつもりのようでした。

何と浅はかなことを。蜂が誕生する時、六角形の繭《まゆ》蓋を開けたら、蓋の上にいる卵や幼虫は助からないじゃないの。しかし浅はかなのは私の方でした。何故なら、後に私は蜂の誕生の瞬間を見ることになりましたが、蜂は六角形の蓋を丸く嚙みきって生まれてきたのです。六角部屋の角に生みつけられた卵や幼虫は、足場を失うことはなく、成長に何の支障もなかったのです。

六月を迎えて、あちこちの巣で幼虫たちの部屋籠りが行われているある日の夕方、私は思いもかけぬものに出くわしました。すずめ蜂です。

一匹のすずめ蜂が、突然、納屋に現れて軒下を旋回し始めました。気付いた母蜂がすぐに追い払いました。

すずめ蜂は、真っ赤な頭をした、あしなが蜂の体の数倍の大きさはあろうかと思える巨大な蜂です。獰猛で、攻撃的で、刺されどころがわるければ、人間も命を落とすことがあると聞く蜂です。

そしてその好物があしなが蜂の幼虫という、あしなが蜂にとって、最も恐ろしい天敵です。そのすずめ蜂が、納屋のあしなが蜂の巣のありかを見つけたのです。

すずめ蜂は大きな羽音を響かせて母蜂を威嚇し、しつこく軒下を飛びまわります。軒下に立っている私をも敵と思ってか、いまにも襲いかかろうとする気合を見せます。

その迫力と恐怖におびえた私は、たまたま持っていた雨傘を棍棒代わりに、向ってくるすずめ蜂を狙ってやみくもに振りまわしました。奮闘の末に、ようやくすずめ蜂を叩き落し、退治することに成功しました。

このことがあって間もなく、私は母蜂たちが互いの生存のために闘うにとどまらず、生存を託した、万象との厳しい闘いをも余儀なくされるのを目の当たりにしました。当たり前と言ってしまえばそれ迄のことですが。


その日はちょうど梅雨入りの季節でもあり、前夜からの雷を伴う豪雨で、傘をさしても下半身はずぶぬれという激しい吹き降りでした。

蜂を案じた私は、早朝に家を出て八時に納屋を訪ねました。

比叡山が、もうもうと立ち上る湯煙りのような霧の流れの中に見えかくれしていました。納屋のほとりの小溝が濁流であふれています。

あの巣がまたない！　あの巣とは以前、強風にあおられて巣柱ごと吹き飛ばされていたのを拾って、私が待ち針やセロハンテープを使って元の場所に固定し直したものでした。私は地べたを探しまわりました。

あった！ぐしょぐしょに濡れて雫のたれているあの巣が、溝のほとりにたたきつけられていました。

巣の壁はぼろぼろに破れて濡れそぼれています。密封された蓋だけは、油の成分を含んでいるのか、水をはじいていました。

巣の中の子は？　巣を持ち上げて振ると、ことことと音がします。が、幼虫たちが生きているのかどうか。

巣の中の卵はつぶれたまま、雨水を吸い込んでふくれ上がっていました。幼虫のうちの一匹は、ぐしゃっとつぶれていました。生死のわからぬ幼虫もいました。蓋をするばかりに成長していた幼虫も死んでいるのか、針の先で口先をつついてみても、マッチ棒の先でさわってみても、口を固く閉ざしたまま身動きしません。雫のたれる部屋の中にじっとうずくまっている、生死のわからぬ幼虫もいます。激しい風雨で地べたにたたき落とされてから、よほど時間が経っているのでしょう。部屋の中には砂利が入っていました。しかしなんとなく幼虫たちが生きている気配を感じた私は、先ず、持っていたチリ紙に出来るだけ雨水を吸いとらせ、針の先で砂や小石を掻き出し、巣の歪みと皺を何とか整えました。そして巣を元の位置に吊り直しながら、「母親はもう帰ってこないのでは」と案じたその時、母蜂がさっと巣に飛び込んできたのです。

母蜂は恐らく、昨夜のあの激しい雷雨の中をどこかに潜んで、事の一部始終を見つめ続けていたに違いありません。

そのとき、突然雨雲が飛び去って、真っ青な空がのぞきました。初夏のまぶしい光が、若い緑を燃えるように輝かせました。

巣にもどった母蜂は、濡れそぼれた一部屋、一部屋を、丹念にのぞいて廻りながら卵をつつき、幼虫をつついてみるのです。

同時に、わき目も振らず巣直しに取りかかったのです。

しかし、どこから手をつけたらよいのだろうか、一体どうしたらよいのだろうか。母蜂は気もそぞろに、巣の屋根から降りたり、屋根に登って座ったり、口先で巣をちょっちょっとつついてみたり、倒れた壁を口で起こしてみたり、動転してなすすべもない有様です。

と、突然、母蜂は意を決したか、どうにも修理のしようがないほどに破れた壁をバリッと喰いちぎりました。そしてちぎり取った壁を口一杯にほおばると、ぐちゃぐちゃと嚙み潰しにかかり、嚙みに嚙みました。唾液を混ぜてこねなおし、巣の修繕に使おうというのでしょうか。口からはみ出した壁の破れが強風に吹き飛ばされます。案の定母蜂は、再生した材料を使って、破れた壁の修理をはじめました。巣の屋根を直すカリカリという音が聞えます。

私はふと思いついて、風道に当っていたこの巣の側に、ボール紙で風よけを作ってやりました。

暴風雨が去ったとはいえ、うっかりすると、私の体さえ安定を欠く程の強風の中を、母蜂は懸命に巣直しを続けました。

時々、幼虫の生死を確かめているのか、幼虫と向かい合って、自分の口先で優しく幼虫の口をつついたりしています。そして巣直しのかたわら、幼虫たちを丹念に見廻るのです。何と、幼虫たちは生きていました。つぶれて死んでしまった子の他は、私が巣を拾ってから二時間位もすると、部屋の中でぐる、ぐると体を廻しはじめたのです。固く閉ざして開かなかった口が、チク、チクと動いています。

母蜂は、巣も幼虫も見捨てませんでした。

このことがあって間もなく、納屋に顔を出したおかあが、「ねえさん、あんた、東京に住ぬのんか？」とききました。

この頃私は、東京のアパート住居から、京都の実家に居を移していましたが、仕事などで東京に滞在する必要が起こった時の便利のために、アパートの借り部屋はそのままにしてありました。

「仕事でしばらく東京へ帰らんならんの、蜂も一緒に連れて行こかと思うてるねんけど」「ああそうし、お母さんぐち（お母さんも一緒に）持っていったらええな、そうしいな」

たまたま一緒にいたお嫁さんも「それがええわ、お母さんも一緒やったら、子も、どもないやろ」と言うのです。おかあは、「しやけどそしたら、あんたとこ蜂だらけになるなあ」と言いながら「どれ、どれ、持っていくのや、巣うとるのんは東京に帰る前の日やろ、なるたけ遅う来《き》いや、早いとこ取ったら母親が可哀そやけな」と言い添えました。

東京に帰る前日の夕方、私は納屋で三つの巣をとりました。

一つは暴風雨に吹き飛ばされて地面にたたきつけられていた巣、一つは、観察をしやすくするために、私が巣の場所を動かし、巣柱の付根をセロハンテープと針で、梁に取り付けてあった巣、一つは、数日前から母蜂の姿を見かけなくなった檜笠の巣です。

三つのうち、はじめの二つは、私が巣を吊り変えたために不安定で、落下の危険があり、放っとくわけにはいかなかったからですが、三つ目の檜笠の巣は、もしこのまま母蜂が帰ってこなければ幼虫たちが死ぬのは必至だったからです。何とか育ててやりたかったのです。


翌朝、私は京都駅発六時二十分の一番電車「ひかり号」に乗りこみました。

二匹の母蜂とその巣は、一組ずつに分けて、風船のようにふくらました極厚のハトロン袋に入れ、袋の口をしっかりと、輪ゴムで縛ってありました。

母蜂のいない檜笠の巣は、笠をまる出しのまま、ズックの写生用大かばんに入れてありました。

この電車は新大阪駅が始発でした。大阪が始発なら、次の京都駅は、空席が多いはず、人目に立たずに乗りこめるだろうと考えたのです。

車輛のドアが開いた途端、目に飛び込んできたのは、殆どの席が、サラリーマン風の男性の、黒や紺のスーツ姿で埋められていたことでした。とっさに、日帰りの商社マンが、始発の新大阪駅を発っているのだとわかりました。空席のないのはショックでした。人目につかずこっそりと座るつもりだったのに。

おまけに私の席は車輛の真中あたりのA・B・CのB席でした。蜂連れで左右を人に挟まれるのは気疲れです。

しかし私の心配は杞憂と思われました。蜂はカサッとも音を立てず、大人しくそれぞれの袋の中に収まっていました。

電車が浜名湖にさしかかったその時、突然、斜め後の席で、「蜂だっ!」という叫び声があがりました。「しまった!」私は、顔は真直ぐ前を向いたまま、目だけを足元に落としました。ハトロン袋の一つに一センチ余りのジグザグの穴があいているのが見えました。「うちの蜂です!」と名乗り出る勇気はなく、私は真直ぐ前を向いたまま知らん顔をしたのです。

「蜂だっ！」「蜂だっ！」騒ぎはまたたく間に車輛中に広がっていきました。

男たちは、どこに蜂がいるのかもわからぬまま、スーツの上着で席のまわりをやみくもにたたき廻ったのです。

冷房のきいた車輛では、蜂は寒さのために飛ぶ力がないはずです。女王蜂は、よたよたと逃げ廻るしかあるまいと思われました。どこへどう隠れたのか、蜂は見つからずじまいで、騒ぎは収まりました。

「蜂」といえば、一般には「家の軒下などに巣を作っていて、いたずらされたりすると、襲いかかって毒針で刺す危険な昆虫」位のイメージが普通でしょうか。

時速二百キロ以上で走行中の新幹線の中に突然、蜂が現れた、という奇想天外な出来事に、乗客たちが混乱したのはもっともです。特に母蜂である女王蜂は、体が大ぶりで、見た目にもどっしりとした存在感があるのです。

しかし女王はめったな事では針を抜きませんし、攻撃的な性格でもないのです。

そうは言っても、棒くいを齧り取る程の強い顎を持つ母蜂です。いくら分厚なハトロンとはいえ、紙袋に蜂を入れたのは、かえすがえすも私の迂闊でした。しかし、あの納屋で、あれほど命がけで幼虫を守っていた母蜂が、たとえ袋に閉じ込められ、まわりから遮断されていたとはいえ、経験したことのない不可思議な騒音と、左右に揺れ動き続ける面妖な環境の中を、二時間近くも大人しくしていたのです。今頃になって、しかも幼虫を置き去りにして、一体どこへ行こうとしていたのか、何をしようとしていたのか、その行《ゆ》く方は今も時々気になります。それはともかく、結局人間の私が、母蜂たちの残した二つの巣の幼虫を引き取る羽目になりました。

さて、私の借りていたアパートですが、渋谷駅から電車で十分ほどの、半田園地帯にありました。

木造二階建の二階、南向きの六畳間が、横並びに三つ並んでいる、その真中が私の部屋でした。

右隣の部屋壁にくっつけて、高さ約三十センチ、奥行き約五十センチ、長さ一間程の横長の戸棚が作りつけてありました。この戸棚の上部は、踏み台のように丈夫で、私が乗ってもビクともしませんでした。戸棚の横に並んで、洋ダンスが作りつけてありました。

そして部屋の南壁には、戸棚の高さに揃えた窓の敷居に、高さ一メートル程の二枚のガラスの引き戸がはめられていました。

ガラス戸の外側には、危険防止のための鉄製の手すりが廻《めぐ》らしてありました。

私は、直接日光のさし込む戸棚の天井と、梁を使うことにしました。

そして、先ず、母蜂が健在の巣を、梁にぶら下げることにしました。

ハトロン袋から巣を取り出すと、手近にあった市販の透明のビニールテープを使って、巣柱の根元をべたべたと梁に張りつけました。巣が落ちないよう、セロハンテープではなく、粘りの強いビニールテープを使ったのです。

母蜂は、あの納屋の暮らしからは想像もつかない、人間の部屋と都会の喧騒をすんなりと受け入れました。

「ひかり号」で母蜂を失った巣は、ハトロン袋から取り出すと、幼虫を入れたまま、ゴロンと戸棚の天井に投げ置きました。

そして檜笠の巣は、幼虫たちを敵の目から隠すために、巣のある、笠の内側を洋ダンス側に向けて立てかけました。

さて、どうやって幼虫を育てるか。

真先に浮かんだのは、あの青むし狩りの光景でした。

あの時、母蜂たちは、とれたての青むしを団子にして幼虫に与えていたではないか。

ならば新鮮な青むしの代わりに、新鮮な魚のさしみを団子にして食べさせてみては？

私は、さしみを指でつぶして、直径二・三ミリのさしみ団子を作り、ピンセットでつまんで大きい幼虫の口にちょっとさわってみました。幼虫はむしゃぶりついてきたのです。そしてさしみ団子を口いっぱいにほおばると、ゆっくりゆっくり嚙みくだいていったのです。自分の頭より大きな団子でもものともせず、口から透明な粘液の糸を引きながら嚙み続けるのです。

そしてお腹が一杯になると、丁度、母親のお乳を飲んでいた人間の赤ん坊が、乳首を口にくわえたまま眠りこけてしまうように、さしみ団子の切れ端を口からペロンとぶら下げたまま、ぼんやりするのです。さしみ団子を取りあげると突然思い出したように、口だけをもぐもぐと動かすのです。

食事が終わると、私は一番小さいサイズの注射器に、薄めた砂糖水を吸い入れ、針の先からプチッと一滴、幼虫の頭上にたらしてやります。幼虫は、表面張力で丸く盛り上がった砂糖水の中へ頭をつっ込み、しばらくしてのけぞる、どうやら砂糖水を飲み下しているようなのです。そしてまた砂糖水の中へ頭をつっ込む。こっくり、こっくり、おじぎをするように頭を前後に振りながら、満足するまで甘い水飲みをくりかえすのです。上出来です。

ところが、小さな幼虫では、そう私の思惑通りにはいきませんでした。人間の指の力でつぶす位では団子のきめが荒すぎて、母親の丹念に咀しゃくした団子には及ぶべくもなく、口にすることができなかったのです。

離乳食を与える時期の赤ん坊に、いきなり御飯を与えるのと同じだったのかもしれません。しかしこの問題はあっさりと解決しました。それは、大きい幼虫に、先ず指でつぶしたさしみ団子を与え、幼虫が嚙み込んだところをさっと取りあげて幼い幼虫に与えるのです。団子を取りあげた大きい幼虫には、代わりに指でつぶした荒めの団子を与えればそれでよかったのです。

一日に一回、私はこの作業をくりかえしました。幼虫たちは魚のさしみと砂糖水で順調に育っていきました。

せぐろあしなが蜂は、さほど気むずかしい生きものではないのかもしれません。それとも、人間の暮らしに密着しながら生きてきた生活史の中で獲得した、生態とでも言うのでしょうか。精悍な印象を与えるわりにはずぼらな生きものではあります。

やがて、幼虫は成長し、繭を作りました。

そして、二週間位たった六月半ばのある朝、洋ダンスに立てかけてあった檜笠の中をのぞくと、そこに一匹の蜂がいたのです。

この部屋で生まれたせぐろあしなが蜂の第一号でした。

この時期に生まれてくる蜂はすべてが雌で、女王蜂の生んだ娘蜂です。母蜂より一廻り小ぶりでした。

娘蜂は、生まれて間のないせいか動きが鈍く、ゆっくりと巣の屋根の上を歩き廻ったり、笠の内側を歩いてみたり、後脚でお腹をなでまわしたりしています。母蜂のいない巣に生まれてきた娘蜂はこれからどうするのであろうか。

彼女は、まだ眠っている笠の中の幼虫の部屋の白い蓋を、口先でトントンとさわりながら巣を見回ったのです。あの泥棒蜂のような荒々しさなど思いもよらない穏やかさです。

私は、戸棚の天井板にごろんところがしたまま、さしみ団子を与えていた、例の「ひかり号」で母蜂を失った巣をとり上げて、梁に吊るしました。すでに吊るしてあった、母蜂健在の巣から、二十センチあまり離し、母蜂のいる巣と同じに、ビニールテープを使って取りつけたのです。梁に吊るしたわけは、六月半ばのこの時期に、娘蜂が生まれてくるとすれば、戸棚の上にころがしたままにしておくよりも、蜂の巣本来の、ぶら下がった状態にもどしておいてやる方が、よいだろうと思ったのです。

ところで娘蜂の役目ですが、女王が行う卵生みの他は、女王である母蜂と、全く同じ仕事をするそうです。

餌捕りをはじめ、生まれてくる娘蜂たちの世話、巣守りから、その修繕や掃除に至るまで、これ迄女王蜂が、単独でこなしてきた仕事をそっくり引き継いで、ひたすら女王に代わって巣を守り、巣の繁栄に励む、一般に「働き蜂」と呼ばれている蜂です。

女王蜂との唯一の違いはその性格です。

女王蜂はいったいに穏やかで、攻撃性はありませんが、「働き蜂」は攻撃的で、癇にさわると、やにわに飛びかかって刺す、私たちのよく知る、あの「あしなが蜂」です。

女王蜂は、「働き蜂」が生まれてくると、それ迄の自分の仕事のすべてを働き蜂にゆだねて、ひたすら卵を生むことに専念するそうです。

檜笠の「働き蜂」誕生を皮切りに、それぞれの巣で「働き蜂」が誕生しはじめました。

私が驚いたのは、檜笠と同様、母蜂のいない巣に生まれ、新生蜂を扱う術《すべ》など知らないはずの働き蜂が、母蜂と全く同じ術で新生蜂を扱ったことでした。

女王蜂の生みつけた卵の中に、遺伝子として組み込まれている習性の一つとでもいうのでしょうか。

母蜂からの学習でないことは、檜笠の「働き蜂」に明らかです。母蜂のいない檜笠で、のっけに生まれた働き蜂が、驚きもせず、戸惑いもせず、真直に「働き蜂」本来の行動に出たのを見ると、今更のように、彼女らが気の遠くなるほどの環境の変化を克服し、現在の生態を作りあげたのであろうことが実感されるのです。人間の常識では考えにくいこの習性を獲得するために、一体どれほどの厳しい淘汰と適応をくりかえしてきたことか。それにつけても、ヒトが何と短い歴史の上に立っている生きものであるかに思いを至してしまうのです。

さて、六月も半ば過ぎのある早朝、繭の中で動き始めた蜂を見つけました。誕生に向けての行動開始のようです。部屋の壁にしっかりと閉じつけてあった、繭蓋と壁の継ぎ目を、カリカリと乾いた音を立てて切り離していきます。それは丁度缶詰の蓋を中から切り開けてゆくのと同じです。缶詰の中身である蜂自身が、自分の口を道具に使って、缶詰の蓋を切り開けているのです。

体を少しでも出しやすいように、壁と繭との継ぎ目のささくれを丁寧に食い切り、同時に頭で蓋を押し上げながらゆっくりと出てくるのです。蓋が完全に切り取られると、前脚二本を巣の壁ぎわにかけて、ゆうゆうと体をのり出しました。そして、突然目の前に開けた世界を彼女はちょっと見まわしました。

一匹の仲間が大急ぎで近づいてくると、彼女の上半身を前脚で持ち上げ、触角で頭をさわり、彼女の口に自分の口をつけました。すると生まれたての彼女は、口移しに透明な水滴を仲間に与えたようでした。仲間は二、三度、うまそうに水滴をもらいました。

さて水の御馳走になったら、先輩の蜂は、生まれたての蜂の体を調べるのです。触角から頭、背中、羽、脚の具合からお腹の先まで、丁寧に撫でながら調べまわるのです。

生まれたての蜂は、薄い四枚の羽を深く合せ、神妙に這いつくばって先輩蜂のなすがままに体を任せ切っているのです。先輩蜂は、誕生蜂の体のすみからすみまで綿密に調べ終えると、さあこれでよし、一丁上がり。

先輩蜂はごそごそと離れていき、新生の蜂も、のこのこと歩き出すのです。新しく誕生した蜂が、先輩から受ける、この儀式めいた行動は、人間が赤ん坊を取り上げた時、体の異常の有無を慎重に、綿密に調べる様子をほうふつとさせて、またしても私は、人と昆虫という、形も生態も似てもつかない生きもの同士の、知恵の共有に打たれるのです。

私は働き蜂の誕生を機に、幼虫育てを働き蜂にゆだね、幼虫は私の手を離れていきました。

ところで新生の蜂は、すぐに飛ぶことはできません。うっかり体に触ると巣からぽとんと落ちてしまうのです。あどけない姿で、覚束なげにごそごそと巣のまわりを歩き廻っていた新生働き蜂ですが、生後、三日目には飛ぶ練習をはじめたようでした。

巣から十センチほど離れてちょっと宙に浮いてみる、さっと巣にもどる。三十センチほど離れてみる、さっともどる、大丈夫。今度は巣の近くを直径一メートルほどの円を描きながらブーンと大きく飛んでみる、大丈夫。新生の働き蜂はちょっと軒端に止り、それから一気に初夏の陽光に飛び出していきました。生後、三日目の初狩りでした。

私は、蜂たちが自由に出入りできるように、昼間は部屋のガラス戸を少し開けたままにしてありました。

蜂たちは外界と部屋の中とを自由に出入りし、その生活に支障はないようでした。働き蜂たちは確実にその数を増やしていき、真夏に向って活気を増していきました。

私にとって不思議だったのは、蜂たちが部屋を間違えないことでした。

私の部屋は、先にも話したように、同じ間取りの六畳が三つ並んだ真中で、外から見れば三部屋とも、窓の大きさ、形、色、すべて同じで、その上窓の外に廻らされた手すりのデザインも同じなら、塗料の色も同じなのです。

私の部屋にある三つの巣に、蜂が頻繁に出入りしていることなど、両隣の住人は全く知らないようでした。何故なら廊下で顔を合わせる度に、いつも以前と変らず、にこやかに挨拶を交したのです。

ところで、東京に連れてきてからというもの、蜂はどういうわけか朝がおそくなりました。納屋では、女王は夜明け前に獲物狩りに飛び出して行ったのに、六時過ぎても眠っていたりしました。

たった一匹で大勢の幼虫を育てていた女王と、働き蜂が共同で幼虫を育てている現在の労働力の違いから、とでもいうのでしょうか。

私は、それぞれの巣の働き蜂の数を、確認するようにしていました。遅く帰ってくる蜂を、部屋の外に閉め出すことのないようにするためでした。

ある夜、八時を過ぎても帰ってこない蜂がいて、私はひたすら待ち続けました。

軍国少女の時代を送った私には、悲しい軍歌の記憶がたくさんあります。

帰ってこない蜂を待ち続ける時、私がいつも口ずさむのは、「いまだ還らぬ一番機」という航空戦闘隊の歌の一節でした。この歌は、戦場に向って共に飛び立ち、激戦を生き残った戦友が、一機、また一機、と必死の帰還を果たす中、日暮れても帰らぬ一番機を、飛行場にたたずんで待ち続ける戦友の心を歌った歌です。遂にあきらめて、雨戸を閉めた私でしたが、あくる日の朝、びっくりしたのは、一匹の蜂が、雨戸を開けた途端に、窓の手すりからさっと巣に飛び込んだことでした。

窓枠の手すりに止って、この蜂は雨戸の開くのを待っていたのです。部屋を間違えることはなかったのでした。

このことがあってから、私は夜も雨戸とガラス戸を少し開けておくことにしました。

働き蜂たちは、私を無害なものと認識していたようでしたが、馴れることは決してありませんでした。馴れないものとの同居も、わるくはないと私は思ったものです。

私を無害と認識していたと思えたわけは、例えば私が戸棚の上に足をかけての
び上がった拍子に、うっかりして梁に吊るした巣に頭が当ったり、巣をこすった
りすることがありましたが、あの攻撃的な働き蜂の一匹だに驚くことも刺すこと
もなかったのです。

ところが私が彼女らを写生しようとして見つめると、彼女らはいっせいに巣の屋根際にずらりと並び、私に向って顔を突き出し、寄らば刺すぞという意気込みを見せたのです。

事実、写生の時には、彼女らの素早い攻撃をかわしそこない、何度も刺されたものです。

さて、東京に来て二週間あまりが過ぎた頃、私は急用で四、五日、京都に帰る必要が起こりました。

蜂どもをどうするか、私は彼女らを部屋にそのまま放っておくことにしました。私は雨戸をやや大きめに開け、ガラス戸は蜂の出入りに不自由のない程度に細めに開けました。

雨戸を大きめに開けたのは、できるだけ光を部屋の中に取り込むためでした。

京都に帰った翌日の昼過ぎ、納屋を訪ねると、納屋の巣にも、何匹もの働き蜂が誕生して活躍しており、それぞれの巣の部屋数も増えていました。

納屋の軒下には、新玉ねぎがずらりと並べて乾かされており、青田は梅雨に煙って人影もありませんでした。

しばらく振りの挨拶におかあを訪ねると、おかあは丁度昼食中でした。

「お昼は?」と聞かれて、スーパーで買ったパック入りの稲荷ずしを取り出すと、

「そんなん、やめとき」と言ってお昼を御馳走してくれました。

自家用の米で炊いた、炊き立て御飯に、名物の鞍馬の塩こんぶ、にしんの煮付

け、自家製の奈良漬、すばらしい昼食でした。

たっぷりとした気持で納屋にもどって、さて蜂たちとゆっくり向き合おうとしたその時、突然、軒下で騒がしい音が聞え、見上げると軒下の巣の一つがすずめ蜂に襲われていました。

すずめ蜂は、この巣の母蜂と、四匹の働き蜂などには目もくれず、傍若無人に、バリバリと巣を喰い破っていきます。

蜂たちは、巣から二十センチほど離れた軒下にひたすら身を伏せ、じっとうずくまったまま、嵐が過ぎ去るのをひたすら待つかのように、抵抗はおろか、身動き一つしません。

すずめ蜂は、巣の部屋の入り口よりも大きい自分の頭を部屋につっ込むことができず、バリバリと音を立てて巣の壁を齧りとり、巣を壊していきました。そして一つの部屋の白い封を喰い破ると、やにわに、蛹になりかかって眠っている、三センチ近くはあろうかと思われる幼虫を引きずり出しました。そして幼虫の頭を下にしてぶら下げると、ガリガリと噛み砕いていきました。

砕かれて、すずめ蜂の脚にぶら下がった幼虫は、自分の重みで、体が途中から切れ、コンクリートに落下しました。すずめ蜂は、それを拾おうとはせず、残った幼虫の肉をまるめて口に入れてしまったのです。

幼虫を銜《くわ》えたすずめ蜂が、ちょっと体の向きを変える度に、蜂たちは脅えたようにさっと身を引く。母蜂かと思える一匹の蜂が、たまらず一瞬すずめ蜂にさっと触ってはみるものの、如何とも手の出しようがないのです。

すずめ蜂は、幼虫を食べ終えると、今度は別の部屋の幼虫を物色しはじめました。しかし急に気が変わったのか、突然巣を離れると、軒下から外に飛び去っていきました。

母蜂と働き蜂は巣にもどって、再び働きはじめたのです。

すずめ蜂は、一度あしながが蜂の巣を見つけると、くりかえしくりかえし執拗に襲って幼虫を食べると聞きます。

六月はじめの納屋の襲撃を皮切りに、私が東京にいた二週間ばかりの間にも、何度も納屋を襲っていたであろうことは、今日、納屋の中の巣の一つが大きくえぐり取られているのを見たことでも明らかでした。

すずめ蜂に襲われると、母蜂も殆ど反撃することはないと聞きましたが、この、殆どないという反撃を見せた女王蜂がいました。巣の色が、全体に赤みを帯びているために、かつて私が「赤巣の女王」と呼んでいた、あの女王蜂です。

この蜂は、他の女王蜂に比べると、一体に、もの静かな印象を与える蜂でした。おかあの家でお昼を御馳走になった日の翌日、この「赤巣」が襲われました。昨日、今日、と二日に亙る納屋の襲撃でした。

ひる過ぎ、一匹のすずめ蜂が、突然、納屋の軒下に現れ、大きな羽音を響かせて旋回しはじめました。あしなが蜂の幼虫を物色しているものと思われました。

すずめ蜂は、これと定める巣が見つからないのか、軒下の旋回を何度もくり返しましたが、ようやくこれと見定めたか、一つの巣の側に羽を降ろしました。

「赤巣の女王」の巣の側でした。女王は、狂ったように巣の屋根をキリキリと猛スピードで廻りはじめ、廻り続けました。これ迄の母蜂たちは、巣の近くに逃れ、身を伏せて、ひたすら凶暴な襲撃が終わるのを待ち続けるだけでしたが、赤巣の女王は違いました。巣の屋根を猛スピードで走り廻りながら、突然、すずめ蜂めがけて猛烈な体当たりをくらわせたのです。

すずめ蜂は、あしながが蜂の女王の体当たりなど歯牙にもかけず、平然と巣の中の幼虫を漁っています。

女王は、二度、三度と、全力で体当たりをくらわせる、すずめ蜂は平然と幼虫を漁り続ける、女王はなおも体当たりをくらわせる、すずめ蜂は泰然と幼虫を漁り続ける、女王は体当たりをくらわせ続ける……。

すずめ蜂は、執拗にくいさがる母蜂の攻撃がうるさくなったのか、ついに「赤巣」の幼虫漁りをやめて、他の巣の幼虫を物色しはじめたのです。そして他の巣から幼虫を引きずり出すと、むしゃむしゃと嚙み潰していったのです。

専門家によると、すずめ蜂は、あしなが蜂の幼虫の、体液だけを吸い取って巣に持ち帰り、自分の幼虫に与えるそうです。

「赤巣」を襲ったすずめ蜂は、襲撃からおおよそ三十分もの間あしなが蜂の幼虫を漁り続けた後、ようやく納屋から出ていったのです。

「赤巣の女王」は、幼虫たちを守りきりました。

さて、私は、京都での急用を済ませると、予定通り七月に入る早々、再び東京のアパートにもどりました。

蜂たちは、突然私が部屋に現れても、雨戸を開けて急に光が差し込んでも、少しも驚かず無関心の様子で、至極平和な状況に見えました。

ただ変わったことといえば、梁にビニールテープで取り付けてあった巣の、巣柱の根元がぐらついていたので、ビニールテープを再びベタベタ張り重ねて、巣柱のぐらつきを止めてやったぐらいでした。

私は、再び東京での仕事に追われながら、蜂たちとの同居を続けました。人間の側で、人間の生活になじんで暮らしながら交流はせぬ、蜂たちのこうした生態は、淡々として妙に納得のいくものでした。

東京に帰って間もないある日、ふと気が付くと、帰京したその日にビニールテープで修繕してあった巣が、再び梁から落ちかけていました。

それは、指先だけで手すりにぶら下がっているような、危ない有様でした。巣の重みで、梁に張り付けたテープがまた剝がれたのか、それともテープの乾燥のせいかと思ったのですが……。

驚いたことに、それは蜂たちが、ビニールテープを齧りとって、巣作りの材料に使っているようなのでした。

あらためて巣の壁を見ると、巣は、すりガラスのような、半透明な灰色と、本来の巣の色とで、だんだらの模様を造っていたのです。はじめて見る奇妙な蜂の巣でした。

よく見ていると、たしかに、蜂たちは、透明なビニールテープを齧りとっていたのです。

手ぢかに格好の材料があれば、なにも遠出までしなくても、というわけでしょうか。

それにしても、ビニールなどという、人間の作り出した化学物質を疑いもなく口にし、巣の材料に取り込んでしまう、人間の私から見れば、不可思議としか言いようのない、発想と行動です。

私は、巣が落ちそうになる度に、テープを張り直し、蜂たちは遠慮なくテープを齧りとったのです。

ところである朝、私は檜笠の蜂の数が一匹多いのに気付きました。

檜笠の働き蜂たちの、ゆうに一倍半はあろうかと思える、大ぶりなあしなが蜂が一匹混じっていたのです。

檜笠の働き蜂が、猛然と真正面からこの蜂めがけて突撃しました。二匹の蜂は、互いに両顎をいっぱいに開いて嚙み合いますが、檜笠の蜂たちに比べて侵入蜂はその顎も、歯もはるかに大きい。侵入蜂は左右の前脚をいっぱいに開いて檜笠の蜂にのしかかる、両者互いにカチッカチッと固い顎を鳴らして嚙み合う。笠の蜂が、さっと身を引きざま侵入蜂の触角に喰らいつき、引き抜かんばかりの渾身の力で引っ張る。笠の蜂の小さな顎から透明な水が溢れ出ています。

仲間の蜂たちも、隙さえあれば飛びかかろうと構えてはいるものの、侵入蜂の、脚の一蹴りで押さえ込まれてしまう程、両者には力の差があるのです。それでも隙を見たか、笠の蜂が侵入蜂の腹に喰らいつくと、全身の力で侵入蜂を引っ張る、侵入蜂は軽く振り切る、振り切りざま、働き蜂に馬乗りになって、その全身を嚙んで嚙んで嚙みさいなむのです。

笠の蜂たちは混乱し、巣は騒然となりました。働き蜂たちの中には、生まれて三日目の、まだ飛ぶことのできない幼い蜂もいましたが、彼女は恐れおののいて、事の成りゆきを見つめるばかりです。

仲間の死闘を目の当たりにしておじけ付いたか、知らんぷりを決め込んでいる蜂もいれば、こそこそと逃げ出す蜂もいます。

馬乗りされて下敷きになっていた蜂が、隙を見て侵入蜂の脚に喰らいつき、じりっ、じりっ、と巣から二十センチ余りも遠ざけました。

巣から遠ざけられた侵入蜂は、何を思ったか、突然攻撃をやめると、やおら前脚で自分の長い触角を梳《す》き、顔を撫で、身づくろいをする仕草をすると、ゆっくりと檜笠を出て行きました。

侵入蜂の正体は、思いもよらぬ、梁に吊るしてあった巣の女王蜂でした。

昨日、この女王は、朝、巣を出て行ったきり、帰ってきていませんでした。

冷たい梅雨の雨の中を、どこでどう一夜を過ごしたのか、今朝になって帰ってきた女王でした。

私流に言えば、女王蜂たるもの、一日中家族を巣に置いたままにしておいて、何の収穫もなく、のめのめと巣に帰れようか、よその巣の幼虫を失敬しても、揚々と帰りたいところであったろうか。しかし彼女は、三十分にも及ぶ死闘も空しく、手ぶらのまま巣に帰っていったのです。

幼虫を守り抜いた檜笠の働き蜂たちは、全員が巣の屋根にへたばりついて、休息しているのです。

梅雨明けを迎えると、巣は、活気を呈していきました。

働き蜂たちは、時に自分の頭より大きな青むし団子を抱えて帰ってくることもありました。そんな時は、さっと仲間の働き蜂が駆け寄り、団子を両方から引っ張り合ってちぎり取り、小さく丸めて幼虫に与えたりしていました。

そしてあの、檜笠を襲った女王蜂は、いつの間にかいなくなっていました。餌捕りの途中で襲われたのか、あるいは寿命が尽きたのか、その原因はわからずじまいでした。

結局、私の部屋にある三つの巣には、働き蜂だけが残されたのです。

いつか私は専門家から、女王を失った巣は、大きく発展することはなく、徐々に衰退に向うと聞きました。女王のいなくなった私の部屋の三つの巣も、働き蜂によって維持されはしましたが、女王健在のころのような活気は見られませんでした。

そして夏も終りに近くなると、女王蜂が生んだ卵から、来年の女王になる雌蜂や、雄蜂たちが誕生して巣を賑わしたのです。

さて、この雄蜂ですが、その顔は、一目でそれとわかるものでした。

働き蜂の精悍な顔とは似てもつかぬ、顔面がぺちゃんとつぶれたような、のっぺり顔で、顔色も青黄色く、その振舞いも、如何にもはかなげで、思わず失笑してしまうほど弱々しい印象を与えました。

雄蜂たちは働くことはなく、働き蜂たちに養われていました。気弱げに餌をもらい、一日中何をするでもなく巣の屋根をうろついたりしているのです。

気のせいか、彼らは働き蜂たちの邪魔をしないように、気を配りながら働くふりをしているようにも見えました。梁から剝がれたテープを口先でつついて、点検するふりをしたり、巣の壁をつついて、壁の安否を調べるふりをしたりするのです。

「いいなあ、おれも蜂になりてえや」といった人の気持も、あながちわからぬでもないと思ったものです。

働き蜂たちの気持に障らないようにと思ってか、せまい巣の屋根をうろついたりしている雄蜂の様子は、人間の私には、むしろいじらしく、親しみをさそうものでした。

しかし、この、ぐうたらとも見える雄蜂たちの日々は、やがて、種《しゅ》を残すための大役である、交尾を待ってのものでした。

九月のある日、新生の女王蜂たちが、秋晴れの大空に向っていっせいに飛びたちました。雄蜂たちも争うようにその後を追いました。

新生女王蜂と雄蜂は、大空のどこかで出会い、空中で交尾をするのだそうです。空中結婚を果たした新女王蜂たちも雄蜂たちも、再び巣にもどってくることはありませんでした。

空中で交尾を果たした女王たちは、お腹に卵を抱えて越冬の場所を飛び求め、農家の屋根裏などに集まって越冬し、春と共に、その年の新女王として活躍をはじめるということです。

この春、私がきゃべつ畑で出会った蜂の、精悍な青むし狩りこそ、今年の新女王たちの勇姿だったのです。

私の部屋に残された巣は、日を追う毎にボロボロに破れ、荒れ果てていきました。

さて、十一月の声を聞いた今、この荒れ果てた巣に、雌、雄、一匹ずつの蜂が生き残っています。

雄蜂は、結婚飛行をどう飛び損なったのか、そして働き蜂と思える雌蜂が、何故巣に生き残っているのかはわかりませんが、二匹の蜂は、お天気の良い暖かい日には、ボロボロになった巣の上を、もそもそと歩きまわったり、巣の上にうずくまって日向《ひなた》ぼっこをしたりしています。一日に、一〜二回、私が竹ひごの先につけて差し出す蜂蜜をなめて、どうやら一日一日を生き継いでいるようです。真夏、大勢の仲間たちと共に喧騒を極めた日々を思うと、あれは、はかない幻であったかと思われます。

気温の低い日は、二匹の蜂たちの動きは目立って鈍く、時には巣からぽとんと落ちたりもするのです。その都度拾い上げて巣にもどしてやるのも私の日課の一つです。

寒さを厭ってか、カーテンの襞《ひだ》の間にうずくまっている二匹を探し出して、蜜を与えるのも私の仕事の一つです。

秋も深まり、蜂たちのいなくなった巣はますます破れぼろけて、蜂たちとの暮らしを偲ぶよすがとなったのです。

さて、東京での仕事が一段落した私は、ある日、長い御無沙汰のお詫びをかねて、利右衛門のおかあを訪ねました。

思いもかけずおかあは臥せっていました。お嫁さんによると、持病の糖尿病が悪化したということでした。

枕もとに座って「おばさん御無沙汰しました」と挨拶すると、おかあは無言のまま、怪訝な目で私を見つめました。

「おばあちゃん、ほら、蜂のねえさんやがな」とくりかえすお嫁さんの言葉にも反応はなく私の顔を見つめかえすばかりのおかあでした。

思えば、利右衛門のおかあとの親交は、納屋のあしなが蜂に始まり、あしなが蜂に終りました。それは、ある年の晩春から初冬にかけての、わずか七ケ月のものでした。

しかし、利右衛門のおかあの存在は、納屋のあしなが蜂と私にとって、切り離すことのできない、親交の仲間同士でありました。

限りなくなつかしいことです。

あとがき

利右衛門のおかあの納屋に、数えきれない蜂の巣を見つけて通いつめたのは、今から四十年余りも昔のことです。

もともと私にとってあしながが蜂は、昆虫たちの中でも心ひかれる虫ではあったのです。

黄と黒の、粋な縞柄模様に、極端な腰のくびれ、長い後脚をだらんとぶら下げて飛翔する、しょう洒な美しさは、見飽きることがなかったのです。

蜂たちは、狩で料理した青むし団子をしっかりと胸に抱くと、みるみる大空の彼方に消え去りますが、その全身からは、「巣で待つ幼虫たちに一刻も早く餌を」と急ぐ、高ぶりが感じられるのです。

あしなが蜂は、一体どこから現れてどこに消え去るのか。探しまわったあげく見つけたのが、おかあの納屋でした。

蜂と、おかあと、私が、納屋で過ごした一年足らずの日常は、三者を別々にしては語ることのできない、いわば、生きもの同士の日常でありました。

さて、このおかあですが、後に聞くところによると、その辺りでは一個の人物と目されていた、名物おばあさんであったということです。

毎朝のように納屋に顔を出すおかあは、「うっとこ（わたしのところ）の野菜を町方（おかあはサラリーマン家庭をそう呼びました）の人が待っとるで、行ったらなあかん」そう言いながら、取りたての大根、葱、えんどうなど、季節の野菜を箱型の古い乳母車に積んで、比叡山の麓にひろがる棚田の畦を、ゆっくりと押していくのです。

白てぬぐいの姉さんかぶりに、もんぺ姿のおかあの姿は、遠目にも、土に生きた農婦の風格が感じられました。私はいつも納屋の入り口に立って、ゆっくりと畦を行くおかあの姿を見つめたものです。

農家に育ち、農家に嫁して、その一生を土に頼《よ》り、土に生きたおかあの話には、自然の摂理を畏れる人の、謙虚がありました。

おかあは、無意識に人間と他の生きものを、同じ生きものの仲間として、同格に扱っている風がありました。これは恐らく、おかあの知によるものではなく、想によるものと感じられました。

気がつけば、互いに名乗らず、問いもせず、只、「おばさん」「蜂のねえさん」と呼び合って何の不思議も思わない間柄でした。

おかあと、納屋のあしなが蜂と、私と、三者の親愛の日々は、年と共に、私との距離を近づけていきます。

因みに、このあとがきを書くに当って、当時、おかあの家の裏手を走っていた、叡山電鉄に、その後を問い合わせたところ、「叡山電車は、昔と同じ単線を、今も、一輛編成で走っています」ということでした。

装画❖甲斐信枝
装幀❖ミルキィ・イソベ＋安倍晴美（ステュディオ・パラボリカ）

本書は書き下ろしです。

甲斐信枝

1930年広島県生まれ。広島県立府中高等女学校在校時より、画家の清水良雄に師事。慶応義塾大学で教授秘書として勤務後、童画を学ぶ。1970年に紙芝居『もんしろちょうとからすあげは』を出版、以後、身近な自然を題材にした科学絵本を手掛ける。5年にわたり、比叡山の麓で畑の跡地の観察を続けて描いた『雑草のくらし　あき地の五年間』（1985年刊）で第8回絵本にっぽん賞、第17回講談社出版文化賞を受賞。2017年放送のNHKスペシャル「足元の小宇宙Ⅱ 絵本作家と見つける"雑草"生命のドラマ」で密着取材され、大きな反響を呼ぶ。著書に『たねがとぶ』『稲と日本人』『小さな生きものたちの不思議なくらし』など。

あしなが蜂《ばち》と暮《く》らした夏《なつ》

2020年10月25日　初版発行

著　者　甲斐《かい》信枝《のぶえ》

発行者　松田陽三

発行所　中央公論新社

〒100-8152　東京都千代田区大手町1-7-1
電話　販売 03-5299-1730　編集 03-5299-1740
URL http://www.chuko.co.jp/

ＤＴＰ　嵐下英治
印　刷　図書印刷
製　本　大口製本印刷

Published by CHUOKORON-SHINSHA, INC.
Printed in Japan　ISBN978-4-12-005343-6 C0095